달
의

뒤
편

차례

일러두기 ────────────────

• 이 책에 실린 시들은 한국문예학술저작권협회와 김일엽 문화재단 부이사장 경완 스님의 확인을 거쳐 수록되었습니다.

• 현대 독자들의 편의를 위해 맞춤법과 띄어쓰기 등 몇 가지 표현들을 수정하였습니다.

두 마음

김명순

1

두 마음 품은 여인
뜰 아래 내려설 때
뿌리 패인 빨강 꽃
다시 심어볼 것을
비나 멎건 가라고
냉랭히 이르도다

2

천당 길 가려느냐
지옥 길 가려느냐
숨어질 동굴 없이
저주의 신세 되어
두 마음 품에 품고
천지에 아득인다

3
밤마다 꿈마다
물결에 젖어 울며
두 마음 외로운 날
바다에게 물으면
외로운 한마음이
깨져서 둘이라고.

당신은
나에게
무엇이
되었삽기에
김일엽

당신은 나에게
무엇이 되었삽기에
살아서 이 몸도
죽어서 이 혼까지도
그만 다 바치고 싶어질까요.

보고 듣고 생각하는 온갖 좋은 건
모두 다 드려야만 하게 되옵니까?
내 것 네 것 가려질 길 없사옵고
조건이나 대가가 따져질 새 어딨겠어요?

혼마저 합쳐진 한 몸이건만……

가을

강경애

매해 가을마다 울었더니만
뒷창문 옆에서 울었더니만
떨어지는 낙엽 좇아 울었더니만
지금은 그 가을이 또 왔어요

바람에 떨어진 벽에 의하여
겨울 의복을 꼬매이려고
힘없는 광선을 바라보면서
바늘은 번개같이 번쩍이었다

뒷문으로 가만히
누런빛 사이로 나무꾼 아해
곰방대를 찬 나무꾼 아해
가을에 벗님을 찾으펴 해

매해 가을마다 울었더니만
뒷창문 옆에서 울었더니만
떨어지는 낙엽 좇아 울었더니만
지금은 그 가을이 또 왔어요

무제

김명순

노란 실 푸른 실로 비단을 짠 듯
평화로운 저녁 들에
종다리 종일終日의 노래를
저문 공중에서 부르짖으니
가는 비 오는 저녁이라.

내 어머니의 감격한 눈물인 듯
갤 듯 말 듯한 저녁 하늘에
비참한 나 큰 괴로움을
소리 없이 우러러 고하니
가는 비 오는 저녁이라.

봄 동무의 치맛자락 감추이듯
어슬어슬한 암暗의 막幕 내려
천하의 모든 빛 모든 소리
휘덮어 싸놓으니
가는 비 오는 저녁이라.

(서울에서)

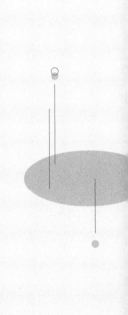

곽공

김명순

1

봄날 빛 고와지자
포곡성* 구슬펐고
밀보리 푸를 때
종다리 우는구나
가는 봄 덧없거니
내 마음 아니 울까

2

사는 날 죽는 날도
임의로 못 되거든
밉고 고운 그날이
뜻대로 된다 할까
구름 속의 종다리
하늘 위에 고와라

* 뻐꾸기의 울음소리.

3

그의 집 싸리문을
밤마다 두드리며
크고 높은 소리로
나 괴롭노라고
그리운 설운 날을
애哀껏 한껏 고할까

귀의

김일엽

헤메던 미迷한 몸이 불법에 귀의하여
선지식*을 모시오니 기쁘기야 끝없지만
나에게 밝은 귀 없으니 그를 접허합니다.

* 바른 도리를 가르치는 사람.
 지혜와 덕망이 있고 사람들을 교화할 만한 능력이 있는 승려.

기도

김명순

거울 앞에 밤마다 밤마다
좌우편에 촛불 밝혀서
한없는 무료를 잊고 지고
달빛같이 파란 분 바르고서는
어머니의 귀한 품을 꿈꾸려.

귀한 처녀 귀한 처녀 설운 신세 되어
밤마다 밤마다 거울의 앞에.

노라

나혜석

나는 인형이었네
아버지의 딸인 인형으로
남편의 아내인 인형으로
그네들의 노리개였네

*

노라를 놓아라, 순순히 놓아다오
높은 장벽을 열고
깊은 규문을 열고
자연의 대기 중에
노라를 놓아라

나는 사람이라네
남편의 아내 되기 전에
자녀의 어미 되기 전에
첫째로 사람이 되려네

나는 사람이로세
구속이 이미 끊쳤도다
자유의 길이 열렸도다
천부天賦의 힘은 넘치네

아아 소녀들이여
깨어서 뒤를 따라 오라
일어나 힘을 발하여라
새날의 광명이 비쳤네

길

김명순

길, 길 주욱 벋은 길
음향과 색채의 양안*을 건너
주욱 벋은 길.

길 길 감도는 길
산 넘어 들 지나
굽이굽이 감도는 길.

길 길 작은 길
벽과 벽 사이에
담과 담 사이에

작은 길 작은 길.

---

* 강이나 하천 따위의 양쪽 기슭.

길 길 유현경幽玄境의 길
서로 아는 영혼이 해방되어 만나는
유현경의 길 머리 위의 길.

길 길 주욱 벋은 길
음향과 색채의 양안을 전하여
주욱 벋은 길 주욱 벋은 길.

(서울에서)

한 잎

김일엽

가냘픈 한 잎새가
폭포 중에 떨어져서
으깨고 조각나도
다만
그 넋일랑
대해까지 이르고저

네 생명은

김일엽

1

네 생명이 무엇인가
행여나 알아보라
네 몸은 생명의 옷
네 혼은 생명의 몸
옷과 몸이 사라지면
그 무엇이 네 생명일까

2

이 몸은 생명의 옷
이 혼은 생명의 몸
이 몸과 혼
생명인 줄 잘못 알고
몸과 혼 사라질 제
몸부림쳐 우짖더라

김명순

金明淳

평양의 부잣집에서 태어나 도쿄에서 가난하게 숨진 김명순은 소설가이자 시인, 언론인, 번역가, 영화배우다.

식민 통치하의 암울했던 사회 환경과 더불어 여성에 대한 억압이라는 이중고를 겪으며 활동하였다. 기생의 딸이라는 낙인, 성폭력 피해 그리고 문학으로 가장된 동료 문인들의 공격이 내내 잇따랐다.

당시 문란하고 독한 여자로 그려지기도 했던 김명순은 사실, 한국 최초의 여성 소설가로서 5개 국어를 구사하며 서양 문학을 조국에 선보인 번역가였고, 동시에 '자유연애'를 역설하며 여성해방을 꿈꾼 신여성이자 선각자였다.

누군지
그의 손을 이끌다
그러나
그는 홀로였다

김명순

유언

김명순

조선아 내가 너를 영결永訣할 때
개천가에 고꾸라졌든지 들에 피 뽑았든지
죽은 시체에게라도 더 학대해다오.
그래도 부족하거든

이다음에 나 같은 사람이 나더라도
할 수만 있는 대로 또 학대해보아라
그러면 서로 미워하는 우리는 영영 작별 된다
이 사나운 곳아 사나운 곳아.

내 가슴에

김명순

검고 붉은 작은 그림자들,
번개 치고 양 떼 몰던 내 마음에 눈 와서
조각조각 찢어진 붉은 꽃잎들같이도
회오리바람에 올랐다 떨어지듯
내 어두운 무대 위에 한숨짓다.

나는 무수한 검붉은 아이들에게 묻노라
오오 허공을 잡으려던 설움들아
분노에 매 맞아 부서진 거울 조각들아
피 맞아 피에 젖은 아이들아
너희들은 아직 따뜻한 피를 구하는가.

아 아 너희들은 내 맘의 아픈 아이들
그렇듯이 내 마음은 피 맞아 깨졌노라
내 아이들아 너희는 얼음에서 살 몸
부질없이 눈 내려 녹지 말고
북으로 북행하여 파란 하늘같이 수정같이
얼어서 붙어서 맺히고 또 맺혀라!

(동경에서)

님의 손길

김일엽

우주로 가득 찬 것 모두 다 님의 손길

잡으라 잡으라고 소리소리 치시건만

눈멀고 귀 어두운 중생 헛손질만 하더라.

단상

강경애

눈은 옵니다
함박눈은 소리없이
나려옵니다

님께서 마즈막으로 떠나시며
나에게 하시던 말씀
오늘이 며칠인가요
동지달에도 스무 나흐레 …… ……

반밤에 나는 남몰래 일어나
머리를 풀어 헤친 채
왼 뜰을 헤매이었습니다
님께서 이리도 차고 매우지매
이 눈길을 떠나신가 합니다.

그리고 두 번 다시는
돌아오시지 못할 길이오매
이 밤이 새도록
눈이 나리는가 합니다

눈은 옵니다
함박눈은 소리없이
나려 옵니다.

동생의 죽음
김일엽

업으면 방글방글

내리면 아장아장

귀여운 내 동생이

어느 하루는

불 때논 그 방에서도

달달달 떨고 누웠더니

다시는 못 깨는 잠 들었다고……

엄마 아빠

울고 울면서

그만 땅속에 영영 재웠소.

땅 밑은 겨울에도

그리 춥지 않다 하지만……

아아, 가여운 나의 동생아!

언니만 가는 제는

따라온다 울부짖던

그런 꿈 꾸면서 잠자고 있나?

내 봄에 싹트는 움들과 함께

네 다시 깨어 만난다면이야

언제나 너를 업어

다시는 언니 혼자

가지를 아니하꼬마……

들리는 소리들

김명순

제1의 소리는 나를 부르다
죄를 지은 인종의 말세여
더러운 피와 피가 뭉키어
시기 많은 네 형상을 지었다.

제2의 소리는 나를 꾸짖다
실로 꿰맨 옷을 입은 자여
네 스스로 땀 흘려 땅을 파서
먹을 것을 구할 것이거늘.

제3의 소리는 나를 비웃는다
자신을 스스로 결박한 자여
네 몸의 위에 자유를 못 얻었거든
자유의 뜻을 알았더뇨.

제4의 소리는 나를 연민한다
전 인류가 생전사후를 모르고
눈도 매이어서 이끌린 대로
너 또한 눈도 매인 것을 못 풀리라.

제5의 소리는 탄식하다
선악의 합체인 인류들아
선을 행하니 신이 되며
악을 행하니 악마가 되느냐.

제6의 소리는 크게 대답하다
우리는 죄의 죄를 받고
벌의 벌을 받고 우는
종의 종인 사람들이다.

제7의 소리는 다시 부르다
네 몸을 임의로 못하는 병자여
오관이 마비되었으니
판단력조차 잃었도다.

제8의 소리는 다시 대답하다
나의 주여 조물주여
당신은 무엇 땜에
우리들을 그같이 지었습니까?

(서울에서)

나의 노래

김일엽

나는 노래를 부릅니다.

나의 노랫소리에, 시간의 숫자와 공간의
한限 자도 그만 녹아 버립니다.

나는 나의 노래의 절대 자유를 위하여
노랫가락에 고저와 장단을 맞추는 아름다운
그 구속까지도 사양하였습니다.

그저 내 멋대로 나의 노래를 소리 높여
부를 뿐입니다.

나의 노래는 설움을 풀고 기쁨을 돕는
서정시가 아닙니다.

더구나 나의 노래는 착한 것을 권하고,
악한 것을 말리는 교훈의 글귀도 아닙니다.

그렇다고 하늘 사람의 거룩한 말씀이나
지하 인간의 고통을 부르짖음도 아닙니다.

그리고 나의 노래를 찬양하거나 노래의 뜻을
안다는 이가 있다면, 그것은 나의 노래에
흠집을 낼 뿐입니다. 석불도 모르는 우주의
원칙을 들먹여 보라는 그런 망발의 생각을
하는 것도 아닙니다.

　다만 유정무정有情無情이 함께 일용하고
있는 백천삼매百千三昧의 묘구 그대로 읊조릴
뿐입니다.

　그래서 썩은 흙덩이나 마른 나무 등걸이라도
자연히 나의 노래에는 감응이 있습니다.

　나의 노랫소리가 귀에 스치는 분은 유의해
보셔요. 노랫가락에 맞춰서 무뚝무뚝한
바위덩이가 빙그레 웃음을 머금습니다.
질퍽한 대지의 어깨춤 추는 소리가 그윽히
들려옵니다.

　천상에서는 주야로 그치지 않던 환락적
음악 소리가 제 부끄러움에 자지러지고,
지하에서는 간단없이 죄수를 때려 부수던
그 채찍이 넋 잃은 사자들 손에서 저절로
떨어져 버리게 됩니다. 그러나 부르는 장소가
시장입니다그려.

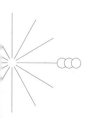

　싸구려 벗, 싸구려 장사치들이 대지를
흔들어 넘기는 그 소리에 나의 노래는
저기압에 눌린 연기처럼 사라지기만
합니다그려.
　마치 밑 빠진 구멍에 물을 길어 붓는
것처럼 지닐 데도 없는 노래이언만.
　그래도 나는 더욱 소리 높여 부를 뿐입니다.
　밑 빠진 구멍에라도 언제까지나 물을 길어
붓기를 그치지만 않는다면, 필경은 물이
대륙에 스며 넘쳐서 밑 빠진 그 구멍에까지도
차고야 말 것이 아닙니까. 나도 나의 노래를
세세생생世世生生에 불러서 나의 노래가
삼천대천세계에 차고도 넘친다면,
나의 노래가 듣기 싫어서 귀를 틀어막는
그 놈까지도 나의 노래화하고야 말 것입니다.

　아아, 나는 미래세未來世가 다하고 남도록
그저 노래를 부를 뿐입니다.

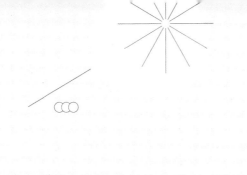

밀어

김명순

비 개인 6월 바람이
가벼운 커튼을 달래어서는
살그머니 병실에 들어옴이라.

창백한 얼굴을 돌리고
긴 몸 풀 없이 돌아누워?
그 귀밑에 무엇을 들었누?

무제

김일엽

세상일 헤아리면 하염없이 꿈이로다.

꿈의 꿈인 이 목숨을 그 얼마나 믿을쏘냐.

대도大道를 깨치고자 맘만 홀로 뛰어라.

귀뚜라미의
노래
김일엽

풀 포기 밑
울음 우는 귀뚜라미야
잠 안 자고 오늘밤
또 샐 테지
언제나 마찬가지 한데 잠자고

하루 이틀 걷고
말 길도 아닌데
울어 동정하는 네 마음
고맙긴 하나
내겐 내겐 그보다 먹을 걸 다오

바람과 노래

김명순

떠오르는 종다리 지종지종하매
바람은 옆으로 애끓이더라

서창西窓에 기대선 처녀

임에게 드리는 노래 바람결에 부치니

바람은 쏜살같이 남으로 불어가더라

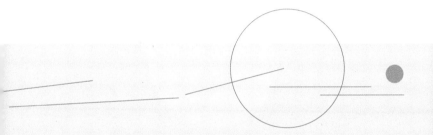

나혜석

羅蕙錫

아버지 덕에 신교육을 받을 수 있었지만, 마찬가지로 아버지 때문에 자기 또래의 첩을 어머니로 들여야 했던 나혜석은 시인, 소설가, 화가, 조각가, 언론인, 사회 운동가이다.

나혜석의 행보는 '최초'라는 수식어로 설명된다. 조선 최초의 여성 서양화가로, 처음 유화 개인전을 열었으며, 조선 여성 최초로 세계일주를 경험했기 때문이다.

파격적인 작품과 사회 비판적 주장으로 봉건적 제도와 인습이라는 금기에 도전했지만, 불륜과 이혼 그리고 여성운동을 문제 삼은 조선과 일제 양쪽 모두에게 위험한 여자로 매도되었다.

친일파의 회유를 거부하고 비밀리에 독립운동을 지원하기도 했던 나혜석은, 다양한 예술 분야에서 기념비적인 업적을 남기며 가부장제 타파와 여성의식화에 주춧돌을 놓은 근대 한국 사회의 변곡점이다.

가자, 파리로
살러가지 말고 죽으러가자

나혜석

인형의 집

나혜석

1

내가 인형을 가지고 놀 때
기뻐하듯
아버지의 딸인 인형으로
남편의 아내 인형으로
그들을 기쁘게 하는
위안물 되도다

*

노라를 놓아라
최후로 순순하게
엄밀히 막아논
장벽에서
견고히 닫혔던
문을 열고
노라를 놓아주게

2

남편과 자식들에게 대한
의무같이
내게는 신성한 의무 있네
나를 사람으로 만드는
사명의 길로 밟아서
사람이 되고저

3

나는 안다 억제할 수 없는
내 마음에서
온통을 다 헐어 맛보이는
진정 사람을 제하고는
내 몸이 값없는 것을
내 이제 깨도다

4

아아 사랑하는 소녀들아
나를 보아
정성으로 몸을 바쳐다오
맑은 암흑 횡행할지나
다른 날 폭풍우 뒤에
사람은 너와 나

봄이 옴
김일엽

즐거운 봄날이 이제 오도다
훗훗한 선녀 입김 몰아가지고
다수한 햇빛이 가만히 와서
얼었던 음애陰崖를 녹이어주니
적은 내 물 흐름 기쁨의 노래
골짜기 어린 풀 새로이 싹 남
하늘이 내리신 조화의 원칙
다 같이 우리게 생生을 줌일세

푸르고 상쾌한 맑은 하늘엔
종달새 비비비 높이 떠 있고
정원의 화분에 새 꽃이 피니
나비는 펄펄펄 춤추어 오네
아느냐 모르냐 작일昨日과 금일今日
무슨 일 있을 줄 네가 아느냐
뒤떨어져— 헤매는 어린 제매嫉妹야
발 빠르게— 걸어서 함께 나가자

봉춘

김명순

1

하늘에 별 뿌리듯
땅속에 금 감추듯
못 잊어 정든 정을
못 속에 살려보면
홍련이 피어날 때
금붕어 형제 할까

2

봄바람 한들한들
강정江亭에 밝았으니
피 붉은 꽃 한 송이
푸른 물에 떨어져
강남 길 가던 것을
오던 제비 낚도다

분신

김명순

눈을 감으면
밤도 아니고 낮도 아니고
남빛 안개 속의 조약돌 길 위를
한 처녀 거지가 무엇을 찾는 듯이
앞을 바라보고 뒤를 돌아다보고
새파랗게 질려서 보인다

내 머리를 돌리면
분명히 생각나는 일이 있다
삼 년 전 가을의 흐린 아침이었다
나는 학교에 가는 길 나들이에서
나를 향해 오는 그림자를 보았다
그리고 "어디를 가시오?" 하는
그 올 맺은, 음성도 들었다.

그러나 나는 멈추는 저의 발걸음을
멈출 틈도 없이 쏜살과 같이
저의 앞을 말없이 걸어갔다.
그리고 내 마음속에
겨우 삼 년 기른 파랑새를
그 길 너머로 울면서 놓아버렸었다

하나 이 명상의 때에
무슨 일로 옛 설움이 또 오는가,
사람에게 상냥한 내가 아니었고
새를 머물러 둘 내 가슴이 아니었다
매 맞아 병든 병든 가슴속에
옛 설움아 다시야 돌아오랴.

새벽의 소리
김일엽

쌀쌀히 쏟아지는 찬 눈 속에서
그래도 꽃이라고 피었습니다.

높고도 깊은 산의 골짜기에서
드문히 떨어지는 조그만 샘물

그래도 깊이 없는 대양의 물이
그 샘의 뒤끝인 줄 알으십니까.

공연히 어둠 속에 우는 닭소리
그래도 아십시오. 새벽이 오는줄

일생에
다시
오지 않는
오늘

김일엽

일생에 다시 오지 않는 오늘이요
영겁에 얻기 힘든 이 몸이라
태어나 험한 길 거쳐 이 산에 이르니
오늘에야 문득 옛 근심 잊는다

이 해도 생마 같아

김일엽

반생에 흘린 세월
되거두진 못하여도
이후로나 때 붙들어
보람 있게 쓰겠더니
이 해도 생마* 같아
나를 차고 닫고녀

* 길들이지 않은 거친 말.

아껴
무엇하리
청춘을

나혜석

살이 포근포근하고

빛은 윤택하고

머리가 까맣고

눈이 말뚱말뚱하고

귀가 빠르고

언어가 명랑하고

태도가 날씬하고

행동이 겸사하여

참새와도 같고

제비와도 같고

앵무와도 같고

공작과도 같다

나이 먹으면

주름살이 잡히고

빛깔이 검어지고

머리가 희어지고

귀가 어둡고

눈이 흐려지고

말이 아둔해지고

몸이 늘씬해지고

행동이 느려져

기린과도 같고

곰과도 같고

물소와도 같다

이리하여

살날이 많던

청춘은 가고

죽을 날이 가까운

노경老境에 이른다

이 어찌

청춘 감을

아끼지 않으랴

그러나 나는

장차 올 청춘이었던들

아꼈을는지 모르나

이미 간 청춘을

아끼지 않나니

청춘은

들떴었고

얕았었고

얇았었고

짧았던 것이오
나이 먹고 보니
침착해지고
깊고
두텁고
길다
청춘을
헛되이 보내었던들
아끼지 않을 바 아니나
빈틈없이 이용한 청춘을
아낄 무엇이 있으며
지난 청춘을
아껴 무엇하리오
장차 올 노경이나
잘 맞으려 하노라

소소甦笑

김명순

일찍 핀 앉은뱅이
봄을 맞으려고
피었으나 꼭 한 송이
그야 너무 작으나
두더지의 맘 땅속에 숨어
흙 패여 길 갈 때.

내 작은 꼭 한 생각
너무 춥던 설움에는
구름 감추는 애달픔
그야 너무 괴로우나
감람색甘藍色의 하늘 위에 숨겨서
다시 한 송이 피울 때.

(평양에서)

알거든
나서라
김일엽

가을 해당 꽃 새로 뵈는 하늘에
부드러운 솜 같은 한 조각 구름
무슨 비밀 말 않고 가는 그것이
후에 뭘로 변할 줄 네가 아느냐

끝도 없는 넓은 들 눈 속에 묻혀
아무것도 안 뵈는 그 어름 속에
뵈지 않는 무엇이 숨겨 있어서
봄에 어찌 될지를 네가 아느냐

부드러운 긴 머리 틀어 올리고
입만 방긋 잠잠히 두 볼 붉히던
아직 뜯지 아니한 처녀 가슴에
감춰 있는 비파를 네가 아느냐

알―거든 나서라 막힘 헤치고
모든 준비 가지고 따라나서라
아름다운 새벽을 나서 맞어라
새때 새날 새일이 함께 오도다

김일엽

金一葉

부모와 동생의 이른 죽음을 겪고 자란 김일엽은 시인이자 언론인 그리고 승려이다.

불과 12세에 역사적인 첫 국문 자유시를 남겼으며, 김명순, 나혜석과 함께 여성 해방을 주장했고, 한국 최초의 여성주의 잡지 '신여자'를 창간해 개화기 여성들을 위한 계몽 운동을 펼쳤다.

이후 출가해 승려가 되었다. 자극적인 이슈로 많이 다뤄지던 그이기에, 이런 행보조차 '한 때 잘나가던 여자'의 기행 정도로 받아들여졌다. 그러나 훗날 절필을 중단하고 펴낸 책들이 열광적인 반응과 함께 팔려나갔고, 승려로서의 깊은 성찰에 감복한 많은 이들이 불교에 귀의하는 등 사회적 센세이션을 불러일으켰다.

"나를 여읠 수 없는 나는 나를 만날 수 없으나 나와 연결된 남이니 생사고락을 같이 한다"라는 말에서 알 수 있듯, 자신과 타인의 구원을 위해 일관된 삶을 살았던 김일엽은 스님이 되어 열반에 들었다.

찰찰히 쏟아지는 찬 눈 속에서
그래도
꽃이라고 피었습니다

시계추를
쳐다보며
김일엽

밤이나 낮이나 한결같이 왔다 갔다
갔다 왔다
  언제나 그것만 되풀이하는
시계추의 생활은 얼마나 심심할꼬
  가는가 하면 오고 오는가 하면
가서 언제나 그 자리언만
  긴장한 표정으로 평생을 쉬지 않고
하닥하닥 걸음만 걷고있는 시계추의 생활을
  나는 나는 비웃을 자격이 있을까
  나 역시 가는 것도 오는 것도 아닌
그저 그 세월 안에서
  세월이 간다고 간다고 감각되어
과거니 현재니
  구별을 해가면서 날마다 날마다 늙어가는
인생이 아닌가
  늙고는 죽고, 죽고는 나고, 나고는 또
늙는 영원한 길손여객이 아니런가.

애상

김명순

1

재인才人 손길 그 버릇
고치기도 어려워
남의 집 거문고를
한껏 울리었거든
또 무슨 죄 얻자고
그 줄조차 끊으리

2

뜻대로 된다 하면
훌훌 날아보고서
임이 웃고 일하던
다행한 화롯가에
파란 새 한 머리로
이 추움 고하리라

3

초겨울 밤 깊어서
힘든 글 읽노라면
뒤뜰의 예리성이
그의 것 같건마는
내 어려움 모르니
낙엽성 그러한가

4

쓸쓸한 거리 끝에
임 오실 리 없거늘
그리운 정 도지면
오신 듯 달 떠진다
행여나 같은 모양
눈앞에 벌어지리

연모

김명순

1

이 몸이 놓여나면

바위라도 뚫고

임 향한 설운 사정

쏟아부으련마는

빈궁에 붙들린 몸

움직일 길 있으랴

옛날의
노래여

김명순

1

고요한 옛날의 노래여, 그는……
내 어머니 입에서 우러나서
가장 신묘하게 사라지는 음향이어라
어머니의 노래여 사랑의 탄식이여

2

"타방타방 타방네야 너 어디를 울며 가니
내 어머니 뫔 진 곳에 젖 먹으러 울며 간다."
이는 내 어머니의 가르치신 장한가長恨歌이나
물결 이는 말 못 미쳐 이것만 알겠노라

3

황혼을 울리는 신음은 선율만 숨질 듯 애탈 때
젖꽃빛으로 열린 들길에는 미풍조차 서러워라
옛날에 날 사랑하시던 내 어머니를
큰사랑을 세상에서 잃은 설움이니,

4

오래인 노래여 내게 옛 말씀을 들리사
어린이의 설움 속에 인도하소서

(

불로초로 수놓은 녹의를 입히소서
그러면 나는 만년청萬年靑의 빨간 열매
같으리다

5
말을 잊은 노래여 음향만 남아서……
길 다한 곳에 레테 강이 흐릅디까
오— 그러면 그는 나를 정화해줄 것이요
웃음빛을 모은 신비의 거울이 되리다

6
무언가無言歌여 다만 음향이여 나를 이끌어
그대의 말씀 사라진 곳에 저 젖꽃빛 길에
내 어머니 몸 진 곳에 산을 넘고 물을 건너라
옛날의 노래여 사라지는 음향이여.

오늘 문득

강경애

가을이 오면은
내 고향 그리워
이 마음 단풍 같이
빨개집니다.

오늘 문득 일어나는 생각에 이런 노래를
적어보았지요.

〈신여자〉
2호 서시

김일엽

동편에 아침 달 솟아오르니
또다시 세상은 밝아오도다
다 같이 부르는 생의 노래를
악마의 무리야 꺾을 이 뉘리오
그늘 속에 갇혔던 붉은 월계화
이제야 따뜻한 햇빛을 보니
고운 꽃 잎잎이 기쁨에 차고
달콤한 화향花香이 누리에 가득

오빠의 편지
회답

강경애

오빠!

오래간만에 보내신 당신 편지에

"사랑하는 누이야 어찌 사느냐?"고요

오빠!

당신이 잡혀 가신 뒤 이 누이는

그렇게 흔한 인조고사 댕기 한 번 못 드려
보고

쌀독 밑을 긁으며 몇 번이나 입에 손 물고
울었는지요

오빠!

그러나 이 누이도

언제까지나 못나게시리 우는 바보는
아니랍니다

지금은 공장 속에서 제법 고무신을
맨든답니다

오빠 이 팔뚝을 보세요!

오빠의 팔뚝보담도 굳세고
튼튼해졌답니다

지난날 오빠 무릎에서 엿 믹던
누이는 아니랍니다

오빠 ! 이 해도 저물었습니다
거리거리에는 바람결에 호외가 날고 있습니다
오, 오빠 ! 알으십니까 ? 모르십니까 ?
오빠 ! 기뻐해 주세요 이 누이는
옛날의 수줍던 가슴을 불쑥 내밀고
수많은 내 동무들의 앞잡이가 되어
얼굴에 피가 올라 공장주와 × × 답니다

외로움의
부름

김명순

아니라고 머리는 흔들어도
저녁이 되면은
먼 고향을 생각하고
뜨거운 눈물방울을 짓는다.

오— 먼 곳서 표류하는
내 하나님 그 속에 계신
아픈 가슴아 가슴아.

그렇다고 눈은 깨였어도
물결이 험하면은 바람이 사나우면은
역시 내 몸에 없는 가시를 보고
둥그런 과실을 숨겨버린다.

오— 옛날의 날 빌어주던
하나님 앞에 나를 고하신
미쁜 고향아 고향아.

물결에 살아 추워도 바람에 밀리어도
가슴속을 보면은 피 아픔을 보면은
하나님을 생각하고, 고향을 못 잊고,
무릎을 굽혀 우리의 기도를 또 한다.

오— 벗아 아는가 모르는가
이 몸은 그대를 그리워 마르고
이 마음은 그대로 인해 높았음을.

**외로움과
싸우다
객사하다**

나혜석

가자! 파리로.

살러 가지 말고 죽으러 가자.

나를 죽인 곳은 파리다.

나를 정말 여성으로 만들어 준 곳도
파리다.

나는 파리 가 죽으련다.

찾을 것도, 만날 것도, 얻을 것도 없다.

돌아올 것도 없다. 영구히 가자.

과거와 현재 공호(空호)인 나는 미래로 가자.

사남매 아해들아!

에미를 원망치 말고 사회제도와 잘못된
도덕과 법률과 인습을 원망하라.

네 에미는 과도기에 선각자로 그 운명의
줄에 희생된 자였더니라.

후일, 외교관이 되어 파리 오거든

네 에미의 묘를 찾아 꽃 한 송이 꽂아다오.

위로

김명순

우는 이여
나의 벗이여
벗의 눈물을 씻겨
우리들의 환상을 그린
봄 하늘의 아름다움을 보라.

벗이여
우리는 먼저
침묵을 약속하였었다―
모든 거인들이 지킨 것을
우리는 이끼 그윽한 옛길 위에서.

그러나 벗이여
우리는 너무 말했다
가벼운 내 입이
또 무거우나 참기 어려운
벗의 입이……

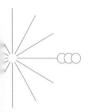

벗이여
벗은 벗의 마음을
바람의 팔랑개비인 줄 믿느뇨?
물 위에 떴다 사라지는
물거품인 줄 아느뇨?

하나 벗이여
우리는 보지 않는가
봄 하늘 위에 솟은
우리들의 낙원을?
우리의 시선에 모이는 초점을.

(1923년 4월 10일)

강경애

姜敬愛

1944.04.26

새 아버지의 본처 자식들에게 따돌림받으며, 집에 있던 '춘
향전'을 보고 스스로 글을 깨우친 강경애는 다른 여성 예술
가들과는 달리 오직 글에 집중했던 작가이다.

힘겹고 고단한 생활환경 속에서도 식민시대의 노동, 여성
문제에 대해 치밀하게 파고들었으며, 빈곤계층 여성의 삶
을 통해 1930년대 한국의 폐부를 꿰뚫는 소설 〈인간문제〉
같은 근대 최고의 작품들을 남겼다.

어린 시절 식민지 교육 정책에 대항한 동맹휴학으로 학교
에서 퇴학 처분을 받았고 일제의 방해 때문에 작품이 훼손
되는 수모를 겪기도 했다.

중앙 문단에서 멀리 떨어진 고향에서 학생과 농민을 지도
하며 여성 운동을 펼친 강경애는, 불행한 결혼 생활, 가난
등 고난과 싸우며 위대한 글을 남긴 작가이자 활동가이다.

이 밤이 새도록
눈이 나리는가 합니다

강경애

이 땅의 봄

강경애

지금은 봄이라 해도
만물이 소생하는 봄이라 해도
이 땅에는 봄인 줄 모르네 모르네

안개비 오네 앞산 밑에 풀이 파랬소
이 비에 조싹이 한 치 자라고
논둑까지 빗물이 가득하련만

아아 밭갈이 못했소
노갈이 못했소
흙 한 줌 내 손에 못 쥐어 봤소

유리관 속에서

김명순

뵈는 듯 마는 듯한 설움 속에
잡힌 목숨이 아직 남아서
오늘도 괴로움을 참았다
작은 작은 것의 생명과 같이
잡힌 몸이거든
이 서러움 이 아픔은 무엇이냐.
금단의 여인과 사랑하시던
옛날의 왕자와 같이
유리관 속에 춤추면 살 줄 믿고……
이 아련한 서러움 속에서
일하고 공부하고 사랑하면
재미나게 살 수 있다기에
미덥지 않는 세상에 살아왔었다.
지금 이 뵈는 듯 마는 듯한 관 속에
생장生葬되는 이 답답함을 어찌하랴
미련한 나! 미련한 나!

(서울에서)

146

귀여운
내 수리

김명순

귀여운 내 수리
사람들의 머리를 지나
산을 기고 바다를 헤어
골 속에 숨은 내 맘에 오라.

맑아 가는 내 눈물과
식어가는 네 한숨,
또 구르는 나뭇잎과
설운 춤추는 가을 나비,
그대가 세상에 없었던들
자연의 노래 무엇이 새로우랴.

귀여운 내 수리 내 수리
힘써서 아프다는 말을 말고
곱게 참아 겟세마네를 넘으면
극락의 문은 자유로 열리리라.

귀여운 내 수리 내 수리
흘린 땀과 피를 다 씻고
하늘 웃고 땅 녹는 곳에
골엔 노래 흐르고 들엔 꽃 피자

그대가 세상에 없었던들
무엇으로 승리를 바라랴.

그때까지 조선의 민중
너희는 피땀을 흘리면서
같이 살길을 준비하고
너희의 귀한 벗들을 맞아라.

이로異路

김일엽

어지어 내일이어
이로부터 홀이로다.
인생의 험한 길을
홀로 어이 가오리까.
님이야 사귈 님 많으니
외로시다 하리오.

자탄 自歎

김일엽

무정한 님이어니
생각한들 무삼하리
차라리 남들에게
님 향한 정 옮기려 했네
때늦은 이제 님의 맘 아니
가슴 아파하노라

못 만날 님이어든
그대로 언제까지
무정한 님으로나
가슴속에 묻어두고
한세상 되어가는 대로
그럭저럭 지낼걸―

저주

김명순

길바닥에, 구르는 사랑아
주린 이의 입에서 굴러 나와
사람 사람의 귀를 흔들었다
'사랑'이란 거짓말아.

처녀의 가슴에서 피를 뽑는 아귀야
눈먼 이의 손길에서 부서져
착한 여인들의 한을 지었다.
'사랑'이란 거짓말아.

내가 미덥지 않은 미덥지 않은 너를
어떤 날은 만나지라고 기도하고
어떤 날은 만나지지 말라고 염불한다
속이고 또 속이는 단순한 거짓말아.

주린 이의 입에서 굴러서
눈먼 이의 손길에 부서지는 것아
내 마음에서 사라져라
오오 '사랑'이란 거짓말아!

짝사랑

김일엽

1

못 안아 볼 님이라서
가슴 홀로 울고 있고
못 미칠 두 팔이라
빈 가슴만 비벼댈 제
네 혼은 철없는 아가 같아
울부짖어 마잖으니
님도 하마 응하옴 있사올듯
봉읏 구름 비 되어 나리듯이
단 위'단상' 손길 한번만 드리소서.

2

짝사랑의 그 열도는
악마의 열병 같아
도를 넘는 그 고열이
이 몸을 다 사르고
혼자서 마구 태워
몸부림치다 못해
소리조차 높아질 제
창문을 차던지고
산으로 기어올라

어쩔까요, 어쩔까요?
이 일 장차 어찌해요!
터져 넘친 혼의 신음
마음놓고 울부짖으니
산천은 예삿일로
웃어웃어 버려 두고
타심통신 산령들은
눈물지어 동정을 하나마나
다만지 그 님이라
그리 덥지 않더래도
미온루 한 방울만
이 혼 위에 떨구소서.

탄실의
초몽

김명순

힘 많은 어머니의 품에
머리 많은 처녀는 웃었다
그 인자한 뺨과 눈에
작은 입 대면서
그 목을 꼭 끌어안아서
숨막히시는 소리를 들으면서.

차디찬 어머니의 품에
머리 많은 처녀는 울었다
그 냉락한 어머니를 보고
어머니 어머니
왜 돌아가셨소 하고 부르짖으며
누가 미워서 그리했소 하고 울면서.

춘풍에 졸던 탄실이
설한풍에 흑흑 느끼다
사랑에 게으르던 탄실이
학대에 동분서주하다
여막에 줄 돈 없으니
돌베개 베고 꿈에 꿈을 꾸다.

꿈에 전같이 비단이불 덮고
풀깃 잠들어 꿈을 꾸니
우레는 울어 오고
빗방울이 뚝뚝 듣는다
탄실을 화닥딱 몸을 일으키어
벽력소리에 몰리어
힘껏 달아났다
달아날수록 비와 눈은
그 헐벗은 몸에 쏟아지고
요란한 소리는 미친 듯 달려들다
그는 나무 그늘에 몸을 숨겼다.

온 하늘이 그에게 호령하다
"전진하라 전진하라"
그는 어린양같이
두려움에 몰리어서
헐벗은 몸 떨면서도
한없이 달아났다

그동안에 날은 개었더라
청댑싸리 둘러 심은 푸른 길에
누군지 그의 손을 이끌다
그러나 그는 홀로였다.

(서울에서)

틈입자

김일엽

고적孤寂도 서러움도
모도 다 잊고서는
한세상 웃음 웃고
살아볼까 하건마는
불의에 나타난 님은
눈물의 씨 되어라

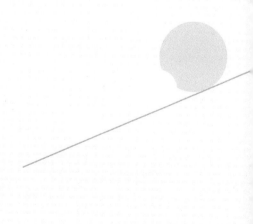

휴지

김일엽

뒤뜰에 흘린 종이
날려 온 휴지임을
모름이 아니언만
하―두 아쉰 맘에
행여나 님 던진 편지인가
만저거려 보노라.

백국희

白菊喜

김남조 시인이 펴낸 여성시인 선집 『수정과 장미』를 통해
소개되기도 한 백국희는 많은 것이 알려지지 않은 작가이다.

교사로 일하며 글을 썼고, 20대에 병사한 것으로 전해진다.

웃음과 눈물
좀더
가까이
서자

백국희

비 오던 그날

백국희

꿈은 사실이 될 수 있어도 사실은 꿈이
아니다……

곰팡내 나는 공기 속에
아득한 이상이 호흡하고
말없이 타는 다리아의 가슴은
얼어붙을 듯 초조하다
오늘의 바다는 제멋대로 딩굴려니와
마음 한복판엔 배 지나간 뒤 같이
한 줄기 흰 길이 남았을 뿐
바람 함께 뿌리는 비는
가슴속 숨은 감명에 등불을 켠다

겁 없이 떨던 심금의 줄을 더듬어 보기도
하나
마음은
폐허의 골목같이 그저 호젓만 하다

추경

김명순

1

가을밤 별 고운데
치맛자락 펴들고
떨어질 듯 여겨서
한 아름 받건마는
허전한 이 모양아
버러지 울어낸다

2

남풍에 나부끼던
능라도 실버들
한줌 꺾어올 것을
때 지나 쇠했으리
상그레 웃던 얼굴
구슬피 울리로다

178

3

가을을 찾노라니

깊은 골에 왔구나

청황적淸黃赤 난만한데

이곳이 어드메냐

물소리 그윽하여

숨은 정 아노란다

참된 어머니가
되어주소서
강경애

어머니
인편에 들으니
어머님께서는 마침내
쫓겨나셨다고요.

어머니
작년 이때
우리집 울 뒤 대추나무 가지에는
대추가 조롱조롱 빨갰을 때
눈등이 붓도록 우시면서도
나를 민며느리로 보내었지요.

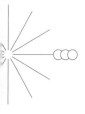

그때에 어머님께서는
어머님의 머리 쩌서 판 돈으로
얼빗과 참빗을 사서
이 딸의 곳침 속에
깊이깊이 넣어주시며
가서 잘살어라! 부대 배 곯지 말어라!
이것이 마즈막 부탁이었지요.

어머니

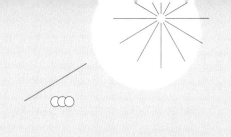

이 집에 온 후로 이 딸은
꿈이면 어머님과 대추나무를 보았지요
그리고 일하다가도 멍 하니 행길가를
바라보았답니다.
지나가는 낯선 손이
행여나 어머님이나 아닌가 하여서……

어머니
지금에 알고 보니
빚값에 이 딸을 파셨다고요
삼백 냥에 이 딸을 파셨다고요
그러고도 그 돈 판푼 어머니 손에
못 쥐어 보셨다고요!

오! 어머니
저 푸른 하늘을 우러러 물어보세요
그리고 이 땅을 구르며 물어보세요
이런 억울한 일을 언제까지나 받아야
옳겠느냐고요?

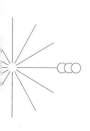

어머니
이 딸은 ⅩⅩ회의 한 사람이 되었답니다.
그래서 이젠
어머님도 대추나무도 그립지 않어요?
이 눈은 ⅩⅩ회 때문에 빛나고요
이 팔 이 다리를 굵어지고 있답니다.

어머니
며칠 후에 내 동무가
그곳 갈 테니
부대 잊지 말고 회에 들어주세요
그래서 나의 참된 어머니가 되어주세요!

탄식

김명순

둥그런 연잎에 얼굴을 묻고
꿈 이루지 못하는 밤은 깊어서
비인 뜰에 혼자서 설운 탄식은
연잎의 달빛같이 희뜩여 들어
지나가던 바람인가 한숨지어라.

외로운 처녀 외로운 처녀 파랗게 되어
연잎에 연잎에 얼굴을 묻어.

행로난 行路難

김일엽

님께서 부르심이
천 년 전가? 만 년 전가?
님의 소리 느끼일 땐
금시 님을 뵈옵는 듯
법열에 뛰놀건만
들쳐보면 거기로다

천궁에서 시 쓸 땐가?
지상에서 꽃 딸 땐가?
부르시는 님의 소리
듣기는 들었건만
어디인지 분명치 못하여

빵빵이만 치노라
님이여! 어린 혼이
님의 말씀 양식 삼아
슬픔을 모르옵고
가노라고 가건마는
지축지축 아기 걸음
언제나 님 뵈리까?

저주된 노래

김명순

1

오 오 오 빨간 연지燕旨
누구와 속삭이랴
붉던 입술 푸르러
다시야 웃어보랴
희던 얼굴 검거라
거울을 들어보랴

2

흙속에 금 감추듯
돌 속에 옥 가리듯
그 아픈 가슴 터에
설움의 씨 심은 후
비 내리고 눈 내려
가시 넝쿨 길렀다

희망

김명순

1

방울 듣는 샘터에
온종일 앉았으니
돌부처 살아와서
내 귀에 이르기를
네 소원이 무어냐
바다로 가려느냐

2

모랫길 예이는
잔잔한 시냇물아
내 목소리 높이어
네 이름 부르노라
바다로 가는 길을
나 함께 가자꾸나

3

한 고개 넘어서면
바닷가에 가리니
물결을 부숴내는
엄격한 벼랑처럼
배워가는 내 길에
귀한 임 기다린다

4

그이의 얼굴은
빛의 저수지더라
대리석에 쪼이면
생명이 불어난다
내 앞으로 오시면
어두운 눈 밝으리

코스모스

백국희

빛난다
유리 같은 공기 속에서!
뽑은 듯 나릿한 몸매
살랑거리는 모양이 눈에 보인다
가벼운 속삭임이 흘러
눈썹을 간즈린다

밖엔
고달픈 애수가 헤매고 있다
벗은 나무들 피곤한 팔 드리우고
가을바람은 마른 잎을 뿌린다

웃음과 눈물
좀더 가까이 서자

빛난다
유리 같은 공기 속에서
밝게! 차게!

달의 뒤편

근대 여성시인 필사시집

초판 1쇄 | 2020년 03월 30일

지은이 | 김명순, 나혜석, 김일엽, 강경애, 백국희
캘리그라피 | 강은교(스놉)

펴낸이 | 서인석
펴낸곳 | 제우미디어
출판등록 | 제 3-429호
등록일자 | 1992년 8월 17일
주소 | 서울시 마포구 독막로 76-1 한주빌딩 5층
전화 | 02-3142-6845
팩스 | 02-3142-0075
홈페이지 | jeumedia.com

ISBN 978-89-5952-864-6
       978-89-5952-865-3 (set)
• 파본은 구입하신 서점에서 교환해드립니다.

제우미디어 트위터 twitter.com/jeumedia
제우미디어 페이스북 facebook.com/jeumedia

| 만든 사람들 |
출판사업부 총괄 | 손대현
편집장 | 전태준
책임 편집 | 장윤선, 안재욱
기획 | 홍지영, 박건우, 성건우, 오사랑, 서민성, 이주오
영업 | 김금남, 권혁진
디자인 총괄 | 디자인그룹올